Reclams
heiterer Adventskalender

Reclams heiterer Adventskalender

Reclam

RECLAMS UNIVERSAL-BIBLIOTHEK Nr. 14580
2024 Philipp Reclam jun. Verlag GmbH,
Siemensstraße 32, 71254 Ditzingen
info@reclam.de

Umschlagabbildung: Wilhelm Busch; © TOM Touché 9000: Comicstrips und Cartoons © Lappan Verlag in der Carlsen Verlag GmbH, Hamburg; © Peter Gaymann, www.gaymann.de; e. o. plauen

Druck und Bindung: Druckerei C.H.Beck,
Bergerstraße 3–5, 86720 Nördlingen
Printed in Germany 2025
RECLAM, UNIVERSAL-BIBLIOTHEK und
RECLAMS UNIVERSAL-BIBLIOTHEK sind eingetragene Marken
der Philipp Reclam jun. GmbH & Co. KG, Stuttgart
ISBN 978-3-15-014580-7
reclam.de

FSC
www.fsc.org
MIX
Papier | Fördert
gute Waldnutzung
FSC® C019821

1

CHRISTIAN MORGENSTERN

Der Schnupfen

Ein Schnupfen hockt auf der Terrasse,
auf dass er sich ein Opfer fasse

– und stürzt alsbald mit großem Grimm
auf einen Menschen namens Schrimm.

Paul Schrimm erwidert prompt: Pitschü!
und *hat* ihn drauf bis Montag früh.

2

© TOM

Touché

ACHTUNG!!
BAHN FREI!!
BRÜLL DOCH NICHT SO! DA IST DOCH KEINER!
NOCH NICHT!
BEI DEINEM TEMPO KÖNNEN DIE ALLE JETZT NOCH GEMÜTLICH LOSLAUFEN, UM ÜBERFAHREN ZU WERDEN!

TOUCHÉ
by ©TOM
RALF RAUCHT NICHT MEHR?
RALF?
NEIN, DER IST VOLL AUF DEM GESUNDHEITS-TRIP!
DEN SIEHST DU NUR NOCH MIT 'NER MÖHRE IN DER HAND. ...DA!
HALLO RALF!
HI!

TOUCHÉ
by ©TOM
ES HAT GESCHNEIT, DU MUSST SCHNEE SCHIPPEN!
JETZT?!
WENN VORM HAUS EINER AUF DIE NASE FÄLLT, SIND WIR DRAN!
DANACH KANNST DU JA WIEDER INS BETT.
DAS GING JA SCHNELL!
ICH HAB DEN HUND DRAUSSEN ANGEBUNDEN.

TOUCHÉ
by ©TOM
ICH HAB EINEN WUNSCH FREI?
NOCH.
DAS KOMMT JETZT ETWAS ÜBERRASCHEND.
ICH BIN FÜR JEDEN VORSCHLAG ZU HABEN!
DAS IST GEMEIN!
DAS IST WIN-WIN!

TOUCHÉ
by ©TOM
WAS FÜR EINEN WEIHNACHTS-BAUM HÄTTEN SIE DENN GERNE?
ICH DACHTE AN EINE FICHTE.
AUF GAR KEINEN FALL!
AH - DIE DAME HAT GESCHMACK!
DA PASST KEIN PONY DRUNTER!

3

AXEL HACKE

Wenn es weihnachtet

Jedes deiner Jahre beginnt mit umfassender Entspannung. Alles ist geschenkt. Niemand hat mehr was zu bekommen. Bis Weihnachten: ein Jahr! Und in diesem Jahr wirst du Weihnachtsgeschenke nicht kurz vorm Fest kaufen wie bisher, sondern übers Jahr verteilt erwerben. Hier was mitnehmen, da was auswählen, dort was bestellen. Sehr locker sein.

Dann vergehen Wochen, Monate. Weihnachten hast du im Griff, denkst du. Weihnachten ist weit. Nach den Sommerferien ruft Mutter an: Was du dir zu Weihnachten wünschst? Sie wolle allmählich ... Plane gern ... Fahre zur Kur vorher ...

Da steigt ein Gefühl in dir hoch. Weihnachten! Schon will man wissen, was du dir wünschst. Daß Weihnachten nicht komme, wünschst du dir. Oder nicht so bald. Noch drei Monate! Anfang Oktober: die Kataloge, Philip Morris Design Shop. Manufactum. Heine, formschöne Saftpressen, unbesiegbare Radiowerke, Füllfederhalter, dick wie Maiskolben. Da wird man in der Not was kriegen. Das ist dein Netz. Das entspannt dich wieder.

Dann aber der Dezember. Komischerweise hast du da immer besonders viel Arbeit. Eines Abends fragst du deine Frau: was sie sich wünsche. (Vielleicht sagt sie ja was.) Im September hat sie mal gesagt, was sie sich wünsche, so en passant. Das hast du vergessen. Sie, jetzt schnippisch. Ob dir nichts einfalle? Natüüüüürlich, sagst du, wolltest nur wissen, ob zusätzlich zu dem, was du bereits habest, noch ein klitzekleiner Wunsch da sei ... Nein, nichts. Sie freue sich auf die Überraschung. Ächz. Ein Fehler! Der Druck wird groß. Du spürst ihn, oh, wie du ihn spürst.

Du kaufst jetzt kleinere Dinge, Onkel, Tanten. Dann die schwierigeren, Schwiegereltern. Den Sohn, dafür sorgt deine Frau. Und deine Frau selbst? Noch drei Tage. Du hast nichts. Du mußt den Christbaum ... Und den Wein ... Noch zwei Tage. Mal in die Schmuckgeschäfte! Letztes Jahr hast du ihr einen Ring geschenkt, vorletztes eine Kette. Diesmal: Armreif? Armreife sind schwierig. Die Schmuckidioten machen alles Mögliche, nur keine guten Armreife. Alles mächtig, fett, protzig. Nichts Feines, Zartes, das ihre Persönlichkeit, ihr Fühlen träfe. Noch einen Tag. Vor sechs Monaten hast du einen tollen Reif gesehen. Hast aber nicht an Weihnachten gedacht. Idiooooott! Jetzt gibt es nichts. Warum mußtest du dich auf Armreife festlegen? Bist nicht flexibel genug. Steckst nun in der Sackgasse.

In der Maximilianstraße hast du mal was Schönes für sie gekauft. Arschteuer. Schweißausbruchteuer. Egal jetzt. Noch zwei Stunden! Du kannst nicht ohne was kommen. Kannst ihr keinen Gutschein geben. Kannst nicht sagen, das Geschenk sei gestohlen worden. Kannst nicht sagen, auf der ganzen Welt gebe es keinen Gegenstand, schön genug für sie. Ob der Laden noch offen hat? Du schwitzt. Kann sein, daß heute Abend alles zu Ende ist. Daß deine Hände leer sein werden. Daß es dein letztes Weihnachten ist. Daß sie weint. Daß dein Sohn sie trösten muß.

Du stürzt ins Geschäft. Der Laden zur letzten Hoffnung. Geben Sie mir einen Armreif, Mann! Sie haben nur noch diesen einen? HER! Hier geht's um die Existenz. Du wirst sagen, daß er zu ihr paßt. Du weißt genau, daß er nicht zu ihr paßt. Du weißt, daß sie das auch sagen wird. Du wirst sagen, daß du es anders siehst. Wirst quatschen. Daß der klobige Reif ihre Zartheit betont. Die Eleganz ihres Handgelenks hervorhebt. Daß aus diesem Widerspruch Spannung erwächst. Daß du das schön findest.

Kann man umtauschen? Kann man. Wird man. Ich komme wieder. Erst mal schenken. Das ist jetzt das Wichtigste. Nächstes Jahr wirst du die Geschenke übers Jahr verteilt kaufen. Hier was mitnehmen, da was auswählen, dort was bestellen. Sehr locker sein. Nächstes Jahr.

4

PAUL MAAR

Das Sams

Weihnachtslieder

»Lieder?«, fragte das Übersams.

»Ja, man geht gewissermaßen mit der Stimme rauf und runter, sozusagen. Man nennt es Singen. Und alles muss sich auch noch reimen!«

»Reimen? Das ist hübsch. Reime sind was sehr Schönes. Das Taschenbier-Sams kann es besonders gut. Wo ist es überhaupt?«, sagte das Übersams.

»Es wollte bei seinem Papa bleiben«, sagte das Pauker-Sams.

»Na gut. Meinetwegen«, sagte das Übersams.

»Kannst du mir mal zeigen, wie die Menschen mit der Stimme rauf- und runtergehen?«

»Ich kann dir gerne mal Singen zeigen, gewissermaßen«, sagte das Pauker-Sams.

»Ich hätte da mal eine Frage«, mischte sich das Mini-Sams ein. Es hatte bis jetzt ruhig dabeigestanden und zugehört.

»Ja?«, sagte das Übersams.

»Darf ich mitsingen? Die kleinen Menschen dürfen auch mitsingen«, sagte das Mini-Sams.

»Kleine Menschen singen? Sprichst du von Zwergen?«, fragte das Übersams. »Das sind die mit den langen Bärten und den spitzen roten Zipfelmützen, wie ich weiß.«

Das Mini-Sams musste lachen.

»Nein, das Mini-Sams meint sozusagen die Kinder«, sagt das Pauker-Sams.

»Ich verstehe. Die Kinder«, sagte das Übersams. »Wovon handeln eigentlich diese Luder … äh … Lieder?«

»Zum Beispiel von einem Knaben mit dem Namen Hol«, erzählte das Pauker-Sams.

»Ja, genau!«, bestätigte das Mini-Sams und begann zu singen:

»Stille Nacht, Heilige Nacht.
Alles schläft.
Ein Sams wacht …«

»Tatsächlich?« Das Übersams unterbrach den Gesang.

»Wir Samse kommen auch in den Menschenliedern vor?«

»Ist doch gewissermaßen selbstverständlich«, sagte das Pauker-Sams. »Wir sind ja auch wichtig. Noch wichtiger ist aber dieser Knabe Hol!«

»Ja, genau«, sagte das Mini-Sams. »Sie singen: Hol, der Knabe im lockigen Haar …«

»Was ist denn lockig?«, fragte das Übersams.

»Das konnte ich leider nicht herausfinden«, gab das Pauker-Sams zu. Es überlegte: »Vielleicht meinen sie lockeres Haar.«

»Und dann gibt es ein anderes Lied, das die Menschen fast noch lieber singen«, sagte das Mini-Sams.

»Es handelt von einem Kor, der immer gerne lange schläft.«

»Weshalb meinst du, dass er gerne schluft … äh … schläft?«, fragte das Übersams.

»Weil sonst die Menschen nicht so betonen würden, dass er gewissermaßen aufwacht«, sagte das Pauker-Sams.

»Ja, genau«, sagte das Mini-Sams und sang: »Bald ist Heilige Nacht, Kor, der Engel, erwacht …«

»Was ist denn ein Engel?«, fragte das Übersams.

»Das sind Wesen, die fliegen, sozusagen«, sagte das Pauker-Sams.

»Wesen, die fliegen«, wiederholte das Übersams unwillig. »Warum so umständlich? Es sind also Vögel.«

»Entschuldige, dass ich dir widersprechen muss«, sagte das Pauker-Sams. »Es sind keine Vögel, genau genommen. Es sind Menschen mit Flügeln.«

»Mit Flügeln? Willst du mich verulbern … äh … veralbern!«, schimpfte das Übersams. »Hast du tatsächlich Menschen mit Flügeln gesehen?«

»Nicht direkt«, gab das Pauker-Sams zu. »Das Sams hat von einem Engel-Mädchen erzählt, das im Kaufhaus ein Gedicht vorgetragen hat.«

»Tatsächlich? Engel treiben sich in Kaufhäusern herum?«, fragte das Übersams. »Wie muss ich mir diese Engel vorstellen?«

»Engel haben lange weiße Gewänder an ...«, fing das Pauker-Sams an.

»Ja, ziemlich lange Nachthemden«, ergänzte das Mini-Sams.

»... und aus dem Rücken ragen die Flügel raus«, sagte das Pauker-Sams.

»Interessant. Sehr interessant«, sagte das Übersams.

»Menschen gehen an Weihnachten also mit der Stimme rauf und runter und singen von Engeln in Nachthemden, auch von uns Samsen und von einem Knaben Hol mit dem lockeren Haar. Und was tun sie, wenn sie ausgesungen haben?«

»Sie holen die Geschenke unter dem Christbaum hervor und verteilen sie gewissermaßen«, sagte das Pauker-Sams.

»Besonders an die Kinder«, sagte das Mini-Sams. »Die haben nämlich vorher Wunschzettel geschrieben.«

»Wunschzettel?«, fragte das Übersams. »Was soll das heißen?«

»Auf den Zetteln steht, was sich die kleinen Menschen gewissermaßen wünschen«, sagte das Pauker-Sams.

»Die kleinen Menschen«, wiederholte das Übersams.

»Ich verstehe. Die Zwerge mit den roten Bärten und den langen Mützen.«

»Nein, die Kinder. Das hatte ich doch schon erklärt!« Das Pauker-Sams wurde tatsächlich ein bisschen ungeduldig. Aber letztlich konnte man dem Übersams seine Vergesslichkeit nicht übel nehmen. Schließlich war es schon mehr als zweihundert Jahre alt. Und ab dem hundertzwanzigsten Lebensjahr lässt das Gedächtnis sogar bei den Menschen mehr und mehr nach.

Das Pauker-Sams fing noch mal an. »Die Kinder haben ihre Wünsche sozusagen aufgeschrieben, und die Eltern oder Großeltern oder Tanten oder Onkel …«

»Zählst du jetzt die ganze menschliche Verwandtschaft auf?«, fragte das Übersams. »Was ist mit all denen?«

»Nun, sie erfüllen die Wünsche der Kinder.«

»Mit ihren Wunschpunkten. Ich verstehe«, sagte das Übersams.

Das Pauker-Sams und das Mini-Sams blickten sich kopfschüttelnd an.

»Menschen haben doch keine Wunschpunkte!«, sagte das Mini-Sams.

»Wie können sie dann Wünsche erfüllen?«, fragte das Übersams und schüttelte nun auch den Kopf. »Was redest du für einen Unsinn!«

»Sie erfüllen sich ihre Wünsche sozusagen gewissermaßen gegenseitig«, sagte das Pauker-Sams.

»Gegenseitig, ich verstehe«, sagte das Übersams.

»Aber unter wem oder was holen sie diese Geschenke herfür … äh … hervor?«

»Unter dem Christbaum«, sagte das Pauker-Sams.

»Christbaum? Was ist denn das schon wieder?«, fragte das Übersams.

»Der Christbaum ist ein Baum, den sie gewissermaßen schön geschmückt haben«, sagte das Pauker-Sams. »Meistens ein Tannenbaum.«

»Tannenbaum?«, fragte das Übersams.

»Das ist eine große Pflanze, die bei den Menschen wächst.«

»Im Zimmer?«

»Nein, draußen. In der Erde«, sagte das Mini-Sams.
»Der Baum wird dann abgesägt und reingetragen.«

»So eine Art Kürbis, ich verstehe«, sagte das Übersams und nickte.

Das Mini-Sams bekam einen Lachanfall. »Doch kein Kürbis!«, rief es. »Ein Kürbis ist rund. Der Christbaum ist unten breit und oben dünn.«

5

HEINRICH HEINE

Deutschland
Ein Wintermärchen

Caput XXII

Noch mehr verändert als die Stadt
Sind mir die Menschen erschienen,
Sie gehn so betrübt und gebrochen herum,
Wie wandelnde Ruinen.

Die mageren sind noch dünner jetzt,
Noch fetter sind die feisten,
Die Kinder sind alt, die Alten sind
Kindisch geworden, die meisten.

Gar manche, die ich als Kälber verließ,
Fand ich als Ochsen wieder;
Gar manches kleine Gänschen ward
Zur Gans mit stolzem Gefieder.

Die alte Gudel fand ich geschminkt
Und geputzt wie eine Sirene;
Hat schwarze Locken sich angeschafft
Und blendend weiße Zähne.

Am besten hat sich konserviert
Mein Freund der Papierverkäufer;
Sein Haar ward gelb und umwallt sein Haupt,
Sieht aus wie Johannes der Täufer.

Den ****, den sah ich nur von fern,
Er huschte mir rasch vorüber;
Ich höre, sein Geist ist abgebrannt
Und war versichert bei Bieber.

Auch meinen alten Zensor sah
Ich wieder. Im Nebel, gebücket,
Begegnet' er mir auf dem Gänsemarkt,
Schien sehr darnieder gedrücket.

Wir schüttelten uns die Hände, es schwamm
Im Auge des Manns eine Träne.
Wie freute er sich, mich wieder zu sehn!
Es war eine rührende Szene. –

Nicht alle fand ich. Mancher hat
Das Zeitliche gesegnet.
Ach! meinem Gumpelino sogar
Bin ich nicht mehr begegnet.

Der Edle hatte ausgehaucht
Die große Seele soeben,
Und wird als verklärter Seraph jetzt
Am Throne Jehovas schweben.

Vergebens suchte ich überall
Den krummen Adonis, der Tassen
Und Nachtgeschirr von Porzellan
Feil bot in Hamburgs Gassen.

Sarras, der treue Pudel, ist tot.
Ein großer Verlust! Ich wette,
Dass Campe lieber ein ganzes Schock
Schriftsteller verloren hätte. – –

Die Population des Hamburger Staats
Besteht, seit Menschengedenken,
Aus Juden und Christen; es pflegen auch
Die letztren nicht viel zu verschenken.

Die Christen sind alle ziemlich gut,
Auch essen sie gut zu Mittag,
Und ihre Wechsel bezahlen sie prompt,
Noch vor dem letzten Respittag.

Die Juden teilen sich wieder ein
In zwei verschiedne Parteien;
Die Alten gehn in die Synagog
Und in den Tempel die Neuen.

Die Neuen essen Schweinefleisch,
Zeigen sich widersetzig,
Sind Demokraten; die Alten sind
Vielmehr aristokrätzig.

Ich liebe die Alten, ich liebe die Neu'n –
Doch schwör ich, beim ewigen Gotte,
Ich liebe gewisse Fischchen noch mehr,
Man heißt sie geräucherte Sprotte.

Noch mehr verändert als die Stadt
Sind mir die Menschen erschienen

6

HAUCK & BAUER

Nikolaus

Und wann macht ihr Bescherung?
Schon erledigt.
Die haben wir in diesem Jahr schon an Nikolaus gemacht.

Ach, warum das denn?
An Heiligabend gibt's immer Streit, an Nikolaus nie.
H&B

WEIHNACHTSMARKT
VORGLÜHWEIN
3⁰⁰
H&B

ADVENTS-
KRÄNZE
JETZT MIT
GRATISKERZE!
H&B

7

CHRISTINE NÖSTLINGER

Advent, Advent

Advent, Advent,
das Christkind rennt
müde und matt
durch die Stadt,
kommt nicht zum Verschnaufen,
muss eine Hose für mich kaufen.
Bin aber leider kürzer als breit,
und so braucht's halt viel Zeit,
bis es eine Hose findet, die mir passt.
Hoffe, dass 's mich deswegen nicht hasst.

8

ELKE HEIDENREICH

Schnee

Ich war Studentin und kam aus der Oper, spätnachts, es hatte frisch geschneit. Ich musste unglaublich dringend auf die Toilette und nestelte an meinem Schlüssel herum, aber ich bekam die von Grau Geheimrat Küpper mehrmals fest verschlossene Haustür einfach nicht auf.

Ehe es zu spät gewesen wäre und auch, weil ich gar keine andere Möglichkeit mehr hatte, pinkelte ich in den Schnee direkt auf dem Weg. Was für eine Erleichterung.

Was für eine Schweinerei. Man sah es, schön gelb, und der Himmel war jetzt klar, es würde nicht weiterschneien. So konnte das nicht liegenbleiben. An der Haustür lehnte schon die Schneeschaufel, ich schaufelte mein Bächlein zur Seite. Aber wie sah das denn aus, ein Stück geschaufelt, der Rest frisch verschneit? Der Weg von der Haustür zum Gartentor war lang, und fluchend stand ich da in meinen Opernschühchen und räumte den ganzen verdammten Weg frei, nachts um eins. Als ich fast fertig war, kam der Sohn des Hauses vorgefahren, ein junger Referendar, eigentlich ein arroganter Schnösel, der mich kleine Studentin, an die unterm Dach ein Zimmer vermietet war, kaum je wahrnahm.

»Was machen Sie denn da?«, fragte er sinnloserweise. Ich musste auch gar nicht erst antworten. Er war tief beeindruckt. »Dass Sie hier mitten in der Nacht für uns den Schnee schippen!«

Er hat es seiner Mutter erzählt, beide waren gerührt, mir wurde etwas von der Miete erlassen, und ab und zu lag jetzt Schokolade auf der Treppe zur Dachkammer.

Da hat doch Pinkeln mal was eingebracht.

9

E.O. PLAUEN

Heimliche Weihnachtsbastler

4

5

6

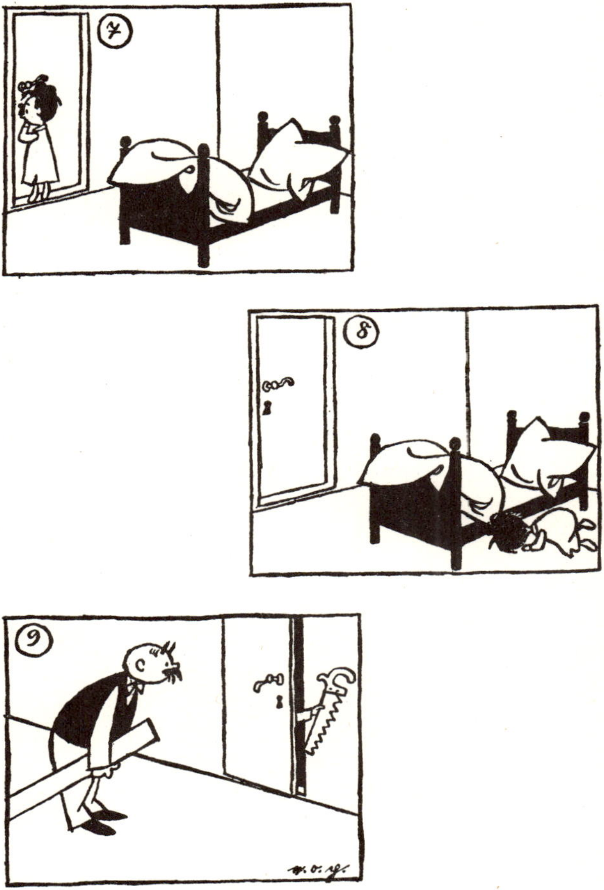
7
8
9

10

MASCHA KALÉKO

Betrifft: Erster Schnee

Eines Morgens leuchtet es ins Zimmer,
Und du merkst: 's ist wieder mal so weit.
Schnee und Barometer sind gefallen.
– Und nun kommt die liebe Halswehzeit.

Kalte Blumen blühn auf Fensterscheiben.
Fröstelnd seufzt der Morgenblatt-Poet:
»Winter läßt sich besser nicht beschreiben,
Als es schon im Lesebuche steht ...«

Blüten kann man noch mit Schnee vergleichen,
Doch den Schnee ... Man wird zu leicht banal.
Denn im Sommer ist man manchmal glücklich,
Doch im Winter nur sentimental.

Und man muß an Grimmsche Märchen denken
Und an einen winterweißen Wald,
Und an eine Bergtour um Silvester.
– Und dabei an sein Tarifgehalt

Und man möchte wieder vierzehn Jahr sein:
Weihnachtsferien ... Mit dem Schlitten raus!
Und man müßte keinen Schnupfen haben,
Sondern irgendwo ein kleines Haus,

Und davor ein paar verschneite Tannen,
Ziemlich viele Stunden vor der Stadt,
Wo es kein Büro, kein Telefon gibt.
Wo man beinah keine Pflichten hat.

... Ein paar Tage lang soll nichts passieren!
Ein paar Stunden, da man nichts erfährt.
Denn was hat wohl einer zu verlieren,
Dem ja doch so gut wie nichts gehört.

11

PETER GAYMANN

Alle Jahre ... schon wieder!

Chef – müssen wir das alles selbst verteilen ??
Auf die Post möchte ich mich da nicht verlassen !!
P. GAY

Das ist kein I-PAD !!
Das seh ich jetzt schon !!
P. GAY

Könnt ihr denn ein Gedicht aufsagen?
Wir können dir eins runterladen!
P. GAY

Wir haben noch jede Menge Besuche zu erledigen!
Schick ne Rund-Mail!
P. GAY

12

HANS TRAXLER

Ein Winter in Mallorca 1839

Die Klosterzelle ist so feucht

Chopin liegt auf dem Bett und keucht.

Auftritt George Sand, Chopins Geliebte
in ihrer Hand die Manuskripte

„Du bist nicht krank, oh nein, du läßt mich
nicht schreiben, Frédric, du erpreßt mich!"

„Kaputt ist nur Dein Psychosoma!"

Chopin, der liegt schon halb im Koma.

Es raüscht in der Beziehüngskiste

Chopin spielt eine Valse, triste.

13

JAMES KRÜSS

Die Weihnachtsmaus

Die Weihnachtsmaus ist sonderbar
(Sogar für die Gelehrten),
Denn einmal nur im ganzen Jahr
Entdeckt man ihre Fährten.

Mit Fallen oder Rattengift
Kann man die Maus nicht fangen.
Sie ist, was diesen Punkt betrifft,
Noch nie ins Garn gegangen.

Das ganze Jahr macht diese Maus
Den Menschen keine Plage.
Doch plötzlich aus dem Loch heraus
Kriecht sie am Weihnachtstage.

Zum Beispiel war vom Festgebäck,
Das Mutter gut verborgen,
Mit einemmal das Beste weg
Am ersten Weihnachtsmorgen.

Da sagte jeder rundheraus:
Ich hab es nicht genommen!
Es war bestimmt die Weihnachtsmaus,
Die über Nacht gekommen!

Ein andres Mal verschwand sogar
Das Marzipan vom Peter,
Was seltsam und erstaunlich war,
Denn niemand fand es später.

Der Christian rief rundheraus:
Ich hab es nicht genommen!
Es war bestimmt die Weihnachtsmaus,
Die über Nacht gekommen!

Ein drittes Mal verschwand vom Baum,
An dem die Kugeln hingen,
Ein Weihnachtsmann aus Eierschaum
Nebst andren leckren Dingen.

Die Nelly sagte rundheraus:
Ich habe nichts genommen!
Es war bestimmt die Weihnachtsmaus,
Die über Nacht gekommen!

Und Ernst und Hans und der Papa,
Die riefen: Welche Plage!
Die böse Maus ist wieder da,
Und just am Feiertage!

Nur Mutter sprach kein Klagewort.
Sie sagte unumwunden:
Sind erst die Süßigkeiten fort,
Ist auch die Maus verschwunden!

Und wirklich wahr: Die Maus blieb weg,
Sobald der Baum geleert war,
Sobald das letzte Festgebäck
Gegessen und verzehrt war.

Sagt jemand nun, bei ihm zu Haus –
Bei Fränzchen oder Lieschen –
Da gäb es keine Weihnachtsmaus,
Dann zweifle ich ein bißchen!

Doch sag ich nichts, was jemand kränkt!
Das könnte euch so passen!
Was man von Weihnachtsmäusen denkt,
Bleibt jedem überlassen!

14

ROBERT WALSER

Weihnacht

Weihnachten? O! Das wird den schlechtesten Aufsatz geben; denn über etwas so Süßes kann man nur schlecht schreiben. – In den Straßen, in den Hausgängen, auf den Treppen, in den Zimmern roch es nach Orangen. Der Schnee lag dick draußen. Weihnachten ohne Schnee wäre unerträglich. Am Nachmittag ließen sich zwei erbärmlich dünne Stimmchen vor unserer Haustüre vernehmen. Ich ging, um zu öffnen. Ich wußte, es waren arme Kinder. Ich sah sie ziemlich lange und herzlos an. »Was wollt ihr?« fragte ich sie. Da weinte das kleine Mädchen. Es tat mir leid, so barsch gewesen zu sein. Die Mutter kam, schickte mich weg und gab den Kindern kleine Geschenke. Als der Abend kam, hieß mich die Mutter ins schöne Zimmer eintreten. Ich tat es mit Zittern. Ich gestehe, ich hatte eine gewisse unerklärliche Angst vor dem Beschenktwerden. Meine Seele fragt Geschenken nichts nach. Ich ging hinein, die Augen schmerzten mich, als ich in das Meer von Licht und Lichtern trat. Ich saß vorher lange im Dunkeln. Der Vater saß da, im ledernen Lehnstuhl, und rauchte. Er stand auf und führte mich artig zu den Geschenken. Es war mir sehr unbehaglich. Es waren die hübschesten Sachen, die ein Auge und ein Herz erfreuen konnten. Ich lächelte und versuchte etwas zu sagen. Ich streckte dem Vater die Hand hin und sah ihn dankbar an. Er fing an zu lachen und mit mir zu plaudern, über die Geschenke, ihre Bedeutung, ihren Wert und über meine Zukunft. Ich ließ mir nicht merken, was mir das für ein Vergnügen machte. Die Mutter kam und setzte sich zu uns. Ich fühlte das Bedürfnis, ihr etwas Liebes zu sagen, brachte es aber nicht über die Lippen. Sie merkte, wo ich hinaus wollte und nahm mich nahe zu sich und küßte mich. Ich war unsäglich glücklich und froh, daß sie mich verstanden hatte. Ich schmiegte mich eng an sie und schaute in ihre Augen, die voll Wasser waren. Ich sprach, aber es hatte keinen Ton. Ich war so glücklich, daß ich auf diese schönere Weise mit meiner Mutter sprechen konnte. Hernach waren wir sehr lustig. Es wurde Wein aus zierlich geschliffenen Gläsern getrunken. Das brachte Fluß und Lachen in die Unterhaltung. Ich erzählte von der Schule und von den Lehrern, indem ich besonders ihre komischen Seiten hervorhob. Man verzieh mir gern meine Ausgelassenheit. Die Mutter ging ans Klavier und spielte ein einfaches Lied.

Sie spielt ungemein zart. Ich rezitierte ein Gedicht. Ich rezitiere ungemein schlecht. Die Magd kam herein und brachte Kuchen und köstliches Backwerk (Rezept der Mutter). Sie machte ein dummes Gesicht, als sie beschenkt wurde. Sie küßte aber artig meiner Mutter die Hand. Mein Bruder hatte nicht kommen können, das bedauerte ich lebhaft. Unser Hausdiener, der alte Fehlmann, bekam ein großes geschlossenes Paket; er lief hinaus, um es zu öffnen. Wir lachten. Weihnachten ging so still vorüber. Wir saßen endlich ganz allein beim Wein und sprachen ganz wenig.

Danach verstrich die Zeit rasch. Es war zwölf Uhr, als wir uns erhoben, um ins Bett zu gehen. Am andern Morgen sahen wir alle ziemlich müde aus. Der Weihnachtsbaum ebenfalls. Nicht wahr, das alles ist schlecht geschrieben? Aber ich habe es wenigstens vorausgesagt, und so kann der Vorwurf mich nicht in Erstaunen setzen.

15

CHARLES M. SCHULZ

Die Peanuts

ES IST VERMUTLICH ZIEMLICH ALBERN, AM BRIEFKASTEN RUMZUHÄNGEN UND AUF WEIHNACHTSPÄCKCHEN ZU WARTEN.
NORMALE MENSCHEN WÜRDEN NICHT ALLE FÜNF MINUTEN NACHSEHEN, OB DER POSTBOTE SCHON DA WAR ...
DIE MEISTEN LEUTE WÜRDEN DAS WOHL FÜR REICHLICH ALBERN ERACHTEN ...
ABER GAR NICHT!
SCHULZ

HUII!
FROHE WEIHNACHTEN, ALTER FREUND …
HUII! JUCHHUU! IRRE! HOCH DIE TASSEN!
BÄÄH!! DASS ICH ES BEI DER WEIHNACHTSFEIER IM BÜRO ALLE JAHRE WIEDER MIT DEM MALZBIER ÜBERTREIBEN MUSS!
SCHULZ

DAS IST DOCH ALLES IRRWITZIG!
ZUM BEISPIEL DIE SACHE MIT DEM STRUMPF ...
WENN MAN SEINEN STRUMPF NUN SO AUFHÄNGT, DASS DER WEIHNACHTS-MANN IHN NICHT FINDET?!
DA GEHT MAN EBEN AUF NUMMER SICHER.
SCHULZ

16

JANOSCH

Der Quasselkasper findet sein Glück

Ein Weihnachtsmärchen

An einem hundserbärmlich kalten Tage – und es schneite obendrein, dass du den Fuß nicht sehen konntest, nicht einmal die Hand vor der Kaspernase – trippelte der Quasselkasper von Wasserburg auf seiner Reise durch die Welt die Landstraße entlang, kaum dass er die Beine noch bewegen konnte. Seit fünf Tagen keinen Bissen Brot zwischen den Zähnen gehabt und Käse schon gar nicht.

Und seit sieben Tagen kein warmes Quartier für die Nacht.

Was für ein gotterbärmlich armseliges Leben, fürwahr.

»Ich werde voraussichtlich ziemlich sicher sterben«, sprach er zu sich.

Ein kurzer Satz für einen, der so gern spricht. Quasselt, sagt man, aber sagen wir lieber: spricht.

Er war also auf dem Weg durch die Welt und auf der Suche nach dem Glück des Lebens, und wenn er keinen Wegkameraden hatte, redete er mit sich selbst, nun aber hatte er seit acht Stunden nicht mehr. So erbärmlich stand es um ihn.

Obendrein war heut' Weihnachten.

Und nicht einmal ein Nachtquartier.

»In der nächsten Kurve lege ich mich aufs Moos und scheide dahin.

Ade, du Welt, nun muss der Kasper sterben, hatte kein Glück und auch kein Geld, und niemand wird was erben.«

Kaum hatte er den Schnee vom Moos geschaufelt, denn auf Moos wollte er sterben und nicht auf dem kalten Schnee, denn Moos darf ein Kasper vom harten Leben doch wohl verlangen als letzten Wunsch. Oder nicht?

Ja.

Da roch er von irgendwoher Erbsensuppe.

»Oh, Erbsensuppe und möglicherweise sogar Püree ...«

Seine Leib- und Magenspeise.

Sofort fühlte er wieder Leben in seinen Beinen, rutschte den Abhang hinunter, denn er glaubte fest an Wunder. Schon gar erst recht an Erbsenpüreewunder, kam zu einem kleinen Haus, tief verschneit, aber mit Licht hinter dem Fenster und Rauch aus dem Schornstein ...

... UND ERBSENPÜREE in der Luft.

Zu riechen.

Er klopfte, rief:

»Ist da wer, welcher einen armen Wandersmann speisen möchte?«

Und einer rief von innen:

»Oh, eine Kasperstimme, treten Sie näher, Sir, nehmen Sie Platz an meinem Tischlein, es gibt sofort Erbsenpüree

mit gebräunten Zwiebelchen, und der Ofen ist gut geheizt. Ich bin ein wenig kurzsichtig, weil ich ein blinder Maulwurf bin, wo ist Ihre Pfote? Reichen Sie mir doch diese zum Gruße «

Der glückliche Maulwurf.

Blind. Natürlich blind, weil ein Maulwurf nicht sehen muss. Weil er unter der Erde haust, da ist kein Licht.

Was nicht muss, das muss nicht.

Der Quasselkasper reichte ihm die Hand, der Maulwurf führte ihn zu dem Tisch, und sie speisten zusammen – so fein hatte der Quasselkasper zeit seines Lebens nicht gegessen. »Ihre Fußbeine, Sir! Legen Sie diese in dieses wunderbare Badewasser, das braucht der Mensch.«

Der Maulwurf hatte Schnee auf dem Ofen geschmolzen und ein warmes Fußbad in einem Eimer bereitet. Etwas Moos hineingebröselt, fragte aber den Quasselkasper nicht, wo er herkomme, wohin er ginge. Denn was spielt das schon für eine Rolle, wenn es kalt ist.

Doch der Quasselkasper erzählte von allein, war er doch froh, einen gefunden zu haben, dem er etwas erzählen konnte:

»Quasselkasper. Mein Name ist Quasselkasper von Wasserburg. Ein wenig von Adel.

Auf dem Weg durch die Welt und auf der Suche nach dem Glück.«

»Oh, welch ein Glück Sie haben, Sir, SIE HABEN ES GEFUNDEN. Das Glück wohnt bei mir und ich schenke es Ihnen.«

Verdammt, ja, dachte der Quasselkasper. Fühlte noch

einmal den wunderbaren Geschmack des Erbsenpürees auf der Zunge und das Fußbad an den Beinen. Und dachte dieses Mal eher leise und in sich:

»Verdammt ja, Erbsenpüree mit Zwiebelchen. Mehr gibt es nicht für einen Kasper.«

Nie schlief der Quasselkasper so selig wie in dieser Nacht im Bett des glücklichen Maulwurfs. Der hatte es ihm überlassen und schlief selbst auf dem Boden.

17

ELISABETH BORCHERS

Ich schenk euch was

Ich schenk euch was, was ihr nur wollt,
den Hund, der bellt, den Ball, der rollt,
ein bucklicht Tier aus fernem Land,
den ganz bequemen Elefant,
das Huhn, das goldne Eier legt,
den Baum, der lauter Lichter trägt.
Schön ist der Tag, so wunderschön,
du lieber Tag, so bleib doch stehn.

18

VINCENT KLINK

Merci Paris

Die Tage vor dem Fest, meiner Profession sei es geklagt, geht der Koch durch die Hölle. Gemildert wird dieses Inferno dadurch, dass ein Koch vor Weihnachten keine Zeit zum Geschenkekaufen findet, was auch allgemein akzeptiert wird. Kochen ist bestimmt nervenschonender, als in der Vorweihnachtszeit einzukaufen. Und kleine Fluchten gibt es, sie müssen aber nicht immer gelingen.

Ein Wochenende in Paris, zum Beispiel. Mein Hotel nannte sich sinnigerweise »Hidden Hotel«, und befand sich in der Nähe des Triumphbogens. Um ins Zentrum zu gelangen, waren die Champs-Élysées kaum zu umgehen. Schlichte Gemüter mögen die weihnachtliche Ausschmückung dieser Straße als Nähe zum Paradies empfinden. Doch wer da nicht vom Glauben abkommt, der kann Himmel und Hölle wahrscheinlich nicht mehr unterscheiden.

Es ist Sonntag, und die beginnende Dämmerung steigert den Lichterglanz, der sich in hohen Bögen über die fußballfeldbreite Straße spannt. Alle Niedervoltbirnchen, die China je produziert hat, scheinen sich hier ineinander verschlungen zu haben. Darunter auf dem Pflaster quetscht sich eine

Menschelei, die meine Frankophilie gehörig durcheinanderrüttelt.

Auf der Höhe der Metrostation Roosevelt hat es auch einen Bandoneonspieler kalt erwischt, mit schwarzer Blindenbrille und der Signalbinde scheint er sich bei den Klängen der Melodie *Autumn Leaves* verirrt zu haben. Niemand hört hin, niemand wirft Geld, der Stoiker ›übersieht‹ dies generös. Doch beim Auftreffen meines Euros in seiner Pappschachtel zaubert der dumpfe Klang ein verzagtes Lächeln um seinen Mund.

Der Bettler saß wie ein Denkmal inmitten der Konsumhölle und mahnte mich, dass man hier nicht freiwillig verweilen sollte.

Ich schlage also einen rettenden Haken in die Aveniue Matignon. Nach zweihundert Metern geht es rechts ab in die Rue de Faubourg Saint-Honoré. Wer sich auskennt und einen leeren Geldbeutel sein Eigen nennt, der sollte diese Gegend um den Élysée-Palast meiden. Normalsterbliche werden in den Schaufensterauslagen heftig darauf hingewiesen, dass sie arme Teufel sind. Dies wird auch der Grund sein, warum sich hier keine Leute auf die Füße treten. Die Gegend wirkt schlicht und dabei so sophisticated, dass sich Weihnachtsdeko erübrigt.

Mich schmerzt der Fuß, das Wetter scheint sich zu ändern. Es ist schon kalt, und die vor Dekaden lädierten Grundfesten meines Körpers melden sich stechend. Mein Knöchel, dieses vom Wetterbericht nicht beeinflusste Barometer, sagt mir, dass Schnee fallen wird. Bald, vielleicht schon morgen. Nichts dagegen, vielleicht käme so viel vom Himmel, um den Verkehr lahmzulegen. Ein autofreies Paris kann ich mir sehr gut und angenehm vorstellen. Noch aber schneit es nicht, und ich hebe plötzlich ungeduldig die Hand, um ein Taxi zu stoppen. In Richtung des Chauffeurs röchelnd: »Ich muss ins Hidden Hotel in die Rue de l'Arc de Triomphe!« Das Hotel ist vom Fahrer kaum zu finden, und ich gebe hier und da gewisse Orientierungshilfen.

Dort angelangt, zwänge ich mich in den engen Aufzug und lege mich gleich aufs Bett, um zu grübeln. Paris ist zur Weihnachtszeit genauso X-Mas-bescheuert wie jede Großstadt in der westlichen Welt. Diese Feststellung hätte mir schon zu Hause einfallen können.

Trost können da nur zwei Dinge spenden. Das eine ist ein Restaurantbesuch. Diese Therapie funktioniert bei mir immer. Also träume ich mir aus, was wohl das »Restaurant Lassere« zum Abendmenü servieren wird. Die guten Restaurants in Paris haben mich schon vor manch unangenehmen Zeitläuften gerettet.

Die wirkliche Retterin meines Daseins war aber schon immer meine Frau. Ist sie bei mir, wünsche ich mir, allein zu sein, und bin ich alleine, sehne ich mich nach ihr. Dieses System, ähnlich einem Zweikomponentenkleber, funktioniert selbst am achtundreißigsten Hochzeitstag noch. Und also wird sie in der nächsten Stunde mit dem TGV eintreffen. Mit Glanz in den Augen sehe ich diesem Abend entgegen.

Alleine essen, unter Selbstgesprächen zu löffeln und in sich reinzuschieben kann sehr erholsam sein, aber das Wahre ist es nicht! Sie kennen die Kellner-Anekdote: Ein Servierfräulein beobachtet einen Gast, der ständig mit seinem Teller redet. Der Mann zerlegt eine Seezunge und spricht mit ihr in einem fort. Irgendetwas stimmt nicht, und die Servierfrau geht der Sache nach: »Mein Herr, ist mit dem Essen etwas nicht in Ordnung?« – »Nein, nein, alles wunderbar«, entgegnet der Gast. »Na ja, der Fisch ist nicht optimal frisch, aber sehr gut gebraten. Ich habe die Seezunge gefragt, ob sie meinen Bruder gesehen hätte. Wissen Sie, mein Bruder arbeitete bis vor zwei Jahren auf einem Fischkutter im Ärmelkanal. Damals ging das Schiff im Sturm unter, und er ertrank. Tja, und die Seezunge sagte mir gerade, dass sie meinen Bruder nicht gesehen habe, denn sie sei hier im Betrieb schon seit drei Jahren eingfroren.« Die Serviererin schweigt betreten und bringt dem Gast unaufgefordert nach dem Abräumen ein großes Glas Calvados.

Und dann klopft es an der Tür, und ich werde aus meinen Träumereien katapultiert. Das friedliche Zimmer steht unvermittelt unter Strom. Meine Frau könnte man auch Madame 1000 Volt nennen. »Nein, in dem Fließpullover gehst du mir nicht aus dem Haus. Jackett und Krawatte, hier!« Sie reicht mir den Strick, bei dessen Anblick ich Schweißausbrüche bekomme. Madame macht sich im Bad frisch und kräht: »Ein kleineres Hotel konntest du wohl nicht finden, ich krieg hier Platzangst.« Ich entgegne schleppend: »Gleich sind wir ja im Lassere, und ein Glas Champagner wird deine Welt bestimmt weiten!«

So war es dann auch. Nach dem Aperitif wurde eine Flasche Chambolle Musigny ausgeschenkt. Makkaroni mit Trüffelleber dazu gereicht. Langoustinen mit Gemüseperlen in Orangen-Nage leiteten zur Ente über, die, am Tisch tranchiert, von einer Flasche Bordeaux Sociando Mallet begleitet wurde. Die Ente mit den berühmten Pommes Soufflés.

Essen ist wunderbar friedensstiftend und in dieser gehobenen Art alles andere als alltäglich. Mit meiner Frau zusammen wird dies aber alles noch schöner. Gestehen muss ich, dass jeder zusätzliche Mitesser mich überbeansprucht, denn ich esse immer dasselbe, was meine Frau bestellt. Und beide haben wir einen ganz einfachen Geschmack, Hauptsache, es ist richtig gut.

Ich schiebe noch ein köstliches Dessert nach und spüre es mit Macht. Ich fühle, es ist alles gut, spüre es deutlich: Ich bin höchst angenehm weihnachtumnachtet. Merci Paris!

19

WILHELM BUSCH

Die Rutschpartie

Da kommt der Hans auf seinem Schlitten
Vergnügt den Berg herabgeritten.

Grad geht der Küster da vorbei
Und friert und denkt sich allerlei.

Schwupp! hat der Schlitten ihn gefasst,
Warum hat er nicht aufgepasst?!

Ein Jäger raucht und geht nach Haus;
Der Schlitten kommt in vollem Saus.

Schau, schau! Den Hund, den hat's bereits.
Der Jäger spränge gern abseits;

Jedoch der Schlitten fasst ihn schon,
Die Tabakspfeife fliegt davon.

Nun kommt trotz Ach- und Wehgeschrei
Die Botenfrau auch an die Reih'.

So saust man unaufhörlich fort,
Bis zu dem steilen Abhang dort.

Ein jeder fliegt von seinem Sitze;
Der Schuss geht los und durch die Mütze.

Hier steckt ein jeder tief im Schnee
Und reckt die Beine in die Höh'.

Doch gleich hat man sich aufgerafft
Und prügelt sich mit aller Kraft.

Zum Schluss geht man voll Schmerz beiseit;
Das macht die Unvorsichtigkeit.

20

JOACHIM RINGELNATZ

Schenken

Schenke groß oder klein,
Aber immer gediegen.
Wenn die Bedachten
Die Gaben wiegen,
Sei dein Gewissen rein.

Schenke herzlich und frei.
Schenke dabei,
Was in dir wohnt
An Meinung, Geschmack und Humor,
So dass die eigene Freude zuvor
Dich reichlich belohnt.

Schenke mit Geist ohne List.
Sei eingedenk,
Dass dein Geschenk
Du selber bist.

21

DORA HELDT

Entspannter Advent

Meine Freundin Anne ist am Ende. Und das in dieser besinnlichen Zeit. Der Grund dafür ist ein Trauma, das sie einmal erlitten hat.

Es ist schon ein paar Jahre her, dass sie Anfang Dezember einen Wasserrohrbruch hatten. So etwas ist immer ärgerlich, in dieser Zeit aber umso mehr, weil aufgrund der notwendigen Renovierungsarbeiten das Familienweihnachtsfest bei ihnen zu einem Desaster wurde.

Anna hat nämlich in diesem Stress einfach die rechtzeitigen Weihnachtsvorbereitungen versäumt. Die fielen ihr erst am Heiligen Abend wieder ein. Eine Stunde vor Ladenschluss und drei Stunden vor Ankunft der Familie. Wer schon mal ein Familienweihnachten ohne Tannenbaum, ohne Geschenke, dafür mit Tiefkühlpizza und traurigen Kindern mitgemacht hat, kann sich denken, wie tief der Familienfrieden hing. Ganz tief. Er war auf dem Boden. Und der Satz ihrer beleidigten Mutter: »Du hättest uns ja auch sagen können, dass du dieses Jahr keine Lust hast«, hängt immer noch unter Annas Wohnzimmerdecke.

Seitdem ist sie auf Wiedergutmachungskurs. Seit Ende

August rüstet sie auf: Kerzen, Engel, Lebkuchen, Zutaten für Pralinen und Eierlikör, Christbaumanhänger und meterweise Geschenkpapier. Geschenke und Kleinigkeiten werden frühzeitig gekauft, verpackt und mit Anhängern versehen. Was sie hat, hat sie. Im ganzen Haus stehen wochenlang Tüten und Kartons. Am Kühlschrank hängt eine Liste, die täglich aktualisiert wird, mit den Terminen der noch zu tätigenden Lebensmitteleinkäufe. Irgendwann kommt der Punkt, an dem Anna komplett den Überblick verliert. Dann nämlich, wenn sie merkt, dass sie bereits die fünfte Kleinigkeit für ihre Schwester gekauft oder zum zweiten Mal Tafelspitz bestellt hat. Aber sie ist immer getrieben von der Angst, dass irgendetwas das perfekte Fest zerstören könnte.

Nele und ich haben Anna schon seit Wochen nicht getroffen und uns jetzt besorgt eingemischt. Wir haben uns das Lebensmittel- und Geschenkelager in ihrem sonst so aufgeräumten Haus angesehen und ausgerechnet, dass sie damit drei Familienfeste ausrichten könnte. Sie hat aber nur eins. Und wir haben sie gefragt, warum sie denn wochenlang gehetzt, angestrengt und fix und fertig durch die Welt rast, nur um am Ende drei Tage auszurichten. Länger würde Weihnachten doch gar nicht dauern. Und das, was sie hier alles gehortet hat, würde glatt für zwei Wochen reichen. Oder eben drei Familien.

Stattdessen sollte sie doch mal entspannen, mit uns auf den Weihnachtsmarkt zum Punschstand gehen und überlegen, ob eine Tiefkühlpizza am Heiligen Abend tatsächlich die Weltkatastrophe wäre. Wir bezweifeln das.

22

BERND GIESEKING

Tanne für Marianne

»Gerd, wo kommst du denn her? Und ausgerechnet heute. Weihnachten!«

»Heilig Abend sogar«, sagte Gerd.

Sie war fassungslos. Gerd – von allen Menschen dieser Welt stand ausgerechnet Gerd unten an ihrer Gegensprechanlage. Marianne war froh, im dritten Stock zu wohnen. Der Abstand zu Gerd konnte nicht groß genug sein. Oder in diesem Falle – hoch genug.

»Gerd, was soll das?«

»Ich wollte dich sehen, Anne.«

»Ich will dich aber nicht sehen.«

»Na ja, du kannst mich ja auch noch nicht sehen, ich steh ja noch unten.«

»Und da bleibst du auch.«

»Damit hatte ich gerechnet.«

»Bitte?« Marianne war mehr als irritiert. Was sollte das alles? Sie hörte Straßengeräusche durch ihre Türsprechanlage.

»Gerd?«

»Ja?«

»Wieso klingelst du bei mir, obwohl du damit rechnest, unten stehen bleiben zu müssen?«

»Ich habe alles dabei.«

»Was hast du dabei?«

»Ich habe ein Buch gelesen über mittelalterliche Burgbelagerungstechniken.«

»Du hast was?«

»Ich habe ein Buch gelesen. Über mittelalterliche Burgbelagerungstechniken.«

»Gerd, was soll das heißen?«

»Das heißt, ich werde hier erst wieder abrücken, wenn du mich reinlässt. Oder wenn du runter zu mir kommst.«

»Du spinnst.«

»Ich habe alles dabei. Bis auf die Wurfmaschinen und die Flammenpfeile.«

Sie hörte regelrecht, wie Gerd grinste.

»Wie bitte? Flammenpfeile?«

»Eben nicht. Es ist eine friedliche Belagerung. Ein Schlafsack für die Nacht, Gaskocher, Tisch, Sessel, also zwei, falls du zu mir nach unten kommst. Kaffee und Tee. Deine Lieblingssorte, der Grüne. Nur zwei Minuten gezogen bei 70 Grad. Das krieg erstmal hin hier draußen! Und eine Kühltasche mit Bier und Prosecco. Sogar deinen geliebten weißen Martini habe ich mit. Und Eiswürfel.«

»Sag mal, du machst Spaß, oder?«

»Und eine Tanne.«

»Was?!«

»Eine Tanne. Geschmückt.«

»Du hast da unten eine geschmückte Tanne auf dem Bürgersteig stehen!?«

»Ja, vor Ort geschmückt. Lametta. Kugeln. Kerzen. Nur mit dem Wind ist es grad nicht ideal. Der weht immer die Kerzen aus …«

»Du hast Wachskerzen am Baum?«

»Ja, nur wegen dir, Anne. Du hattest dir doch immer einen Baum mit echten Kerzen gewünscht!«

»Ich fass' es nicht, Gerd. Du warst es doch, der Weihnachten immer so spießig fand. Du wolltest nie einen Baum. Aber sag mal …«, Marianne versuchte sich vor ihrem inneren Auge die Szene vorzustellen: Der nicht sehr breite Bordstein mit zwei Sesseln, einem Tisch und einer Tanne? Sogar einer Kühlbox? »Da unten ist doch gar nicht genug Platz auf dem Bürgersteig.« Sie musste nun doch lächeln, beinah lachen. »Gerd, hör auf damit. Du verarschst mich doch.«

In diesem Augenblick hörte sie durch die Gegensprechanlage eine Frauenstimme.

»Junger Mann, Sie haben sich hier aber häuslich eingerichtet. Man kommt ja kaum durch.«

Marianne hörte Gerds Stimme jetzt leiser, er hatte sich wohl von der Gegensprechanlage zu der Frau gewandt: »Ja, nett, nicht wahr? Ich bin Gerd. Wenn Sie mögen, nehmen Sie Platz. Kaffee?«

»Lieber Tee«, sagte die Frau, vermutliche eine ältere Dame, so wie ihre Stimme klang.

»Kein Problem. In der gelben Thermoskanne. In der roten ist Kaffee«, hörte sie Gerd sagen,

»Äh, Marianne?« Gerds Stimme war jetzt besser zu verstehen, er stand wahrscheinlich wieder direkt an der Sprechanlage. »Marianne, äh, einen kleinen Moment, ich habe grad Besuch bekommen.«

»Du hast was?«

»Besuch bekommen. Von … äh, wie ist Ihr Name?«

Die Frauenstimme sagte: »Riebold, Ilse Riebold. Aber ich will nicht stören, Sie reden ja grad mit jemandem.«

»Ja, mit Marianne. Also, mit Frau Marbach.«

»Frau Marbach – ist das die junge Frau mit den langen roten Haaren im dritten Stock?«

»Ja, die mit der sensationellen Figur«, sagte Gerd.

»Junger Mann, da hab' ich nicht so drauf geachtet. Aber die Haare von der Dame sind ja sehr auffällig.«

»Mit wem sprichst du da über mich?«, fragte Marianne in die Gegensprechanlage.

»Mit Frau Riebold.«

»Ich kenne keine Frau Riebold«, sagte Marianne.

»Sie kennt dich aber«, entgegnete Gerd.

»Na ja«, meinte Frau Riebold, »kennen ist übertrieben. Ich weiß nur, dass da so ein junges Ding wohnt mit langen roten Haaren.«

»Ich bin kein junges Ding«, rief Marianne verärgert. »Ich bin 38. Sag mal, Gerd, was bildest du dir ein? Du kommst mit deinen Sachen vor meine Wohnung, redest mit wildfremden Leuten über mich …«

»Junge Frau«, jetzt wurde Frau Riebold laut. »Nu echauffieren Sie sich mal nicht so. Sie wohnen schon seit sieben Monaten im Nachbarhaus und haben mich noch nicht einmal gegrüßt. Dabei laufen Sie manchmal dreimal am Tag an mir vorbei.«

Frau Riebold musste aufgestanden und zu Gerd an die Haustür gekommen sein. Ihre Stimme war deutlich durch die Sprechanlage zu vernehmen.

»Aber«, stammelte Marianne, »ich kenne Sie doch gar nicht. Ich weiß überhaupt nicht, wer Sie sind.«

»Ich bin die alte Dame mit den Flaschen …«

»Die Flaschensammlerin? Die mit der komischen Perücke?«, fragte Marianne, ehe sie sich auf die Zunge beißen konnte.

Frau Riebold wurde augenblicklich ärgerlich: »Moment! Flaschen sammeln ist ein ehrbarer Beruf. Wenn Pfand unanständig wäre, dann gäbe es auch kein Pfand. Andere arbeiten bei der Stadtreinigung und da sagt auch keiner was. Und überhaupt, junges Fräulein Marbach, was erlauben Sie sich, mir zu unterstellen, ich würde eine Perücke tragen?«

Dann flüsterte sie Gerd zu: »Ist die wirklich so offensichtlich?«

Von Gerd war nur ein gemurmeltes »Mmh« zu hören.

»Na, der hält aber zu ihnen«, sagte Frau Riebold.

Marianne hatte es die Sprache verschlagen. In diesem Augenblick erklang eine weitere Stimme. Eine männliche.

»Was is'n hier los? Ne Weihnachtsfeier?«

Marianne hörte nun Gerd antworten: »So etwas Ähnliches. Oder es wird grad eine. Nimm dir ein Bier aus der Kühlbox.«

»Danke, Alter. Cool.«

Frau Riebold sagte streng zu der neuen Stimme: »Junger Mann, können Sie nicht erstmal ordentlich, ›Guten Abend‹ sagen?«

»N'abend, Oma.«

Frau Riebold schnaubte: »Ihr Punks habt keinen Anstand. Sie sind doch 'n Punk, oder?«

»Klar bin ich ein Punk, aber du kannst mich duzen, Oma. Ich heiße Klaus.«

»So, Klaus also«, wiederholte Frau Riebold, »das ist aber auch ein Scheißname für einen Punk, oder?«

Jetzt hörte Marianne ein heftiges Husten. Klaus, der Punk, musste sich an seinem Bier verschluckt haben. Marianne wurde das alles langsam zu viel.

»Zu mir sagt sie ›junges Ding‹ und beschwert sich selber

über Oma«, sagte Marianne kopfschüttelnd in die Sprechanlage.

Frau Riebold erwiderte patzig: »Ach, auf einmal wissen Sie also, wie ich aussehe.«

»Anne, willst du nicht runterkommen?«, fragte Gerd.

»Zu dir? Ich meine, zu euch nach unten? Ich glaube, du spinnst. Du hast früher schon immer mit Gott und der Welt geredet, obwohl wir selbst nur so wenig Zeit füreinander hatten.«

Der Punk fragte: »Mit wem redet er denn da?«

Frau Riebold sagte: »Mit der Rothaarigen.«

»Die aus dem dritten Stock? Die so voll smash ist?«, fragte Klaus, der Punk.

»Was ist die?«, fragte Frau Riebold.

»Smash, Oma. Voll cool.«

»Die ist was?«

»Also, die sieht geil aus!«

Frau Riebold stöhnte auf: »Ihr Punks seid doch auch nur Männer.«

Marianne war jetzt sauer und rief in die Sprechanlage: »Was reden die denn da über mich?«

»Na ja«, sagte Gerd, »die kennen dich eben.«

»Aber ich kenne sie nicht.«

»Siehst du?«, sagte Gerd, »du bist zu verschlossen. Darum passen wir beide so gut zusammen: Ich bin vielleicht manchmal zu kommunikativ, du zu wenig. Und jetzt komm endlich runter. Oder lass mich hoch.«

»Wie redest du mit mir?«

Klaus mischte sich ein: »Bevor du hochgehst, nehm ich mir noch ein Bier, Alter.«

Gerd sagte: »Marianne!«

»Sag nicht Marianne zu mir, dann klingst du wie mein Vater!«

»Anne, bitte! Die letzten Monate waren fürchterlich. All diese fremden Frauen, mit denen ich mich nur getroffen habe, weil du mich nicht mehr wolltest.«

»Dann hat sich ja nichts verändert!«

»Was?«

»Hast du das vergessen? Ich wollte nicht mehr mit dir zusammen sein, weil du immer mit anderen Frauen rumgemacht hast!«

Gerd sagte: »Höchstens geflirtet. Ehrenwort. Außerdem – das war gestern. Mich interessieren die anderen nicht mehr!«

Jetzt war Klaus an der Gegensprechanlage: »Hör mal, du Rote.«

»Ich heiße Marianne.«

»Ich denke, du heißt Anne«, meinte Klaus erstaunt.

»Nur für Gerd!«, sagte Marianne. »Weil es sich bei ihm anhört wie bei meinem Vater! Und wer bist du jetzt?«

»Ich bin Klaus, der Punk mit dem Cockerspaniel. Ich wohne schräg gegenüber. Du guckst immer so grimmig, wenn der Hund geschissen hat und ich es nicht wegmache.«

»Der bist du!!«

»Ich mach die Hundekacke immer erst weg, wenn du es nicht mehr siehst. Du ärgerst dich so schön. Und so nimmst du einen wenigstens zur Kenntnis.«

Gerd sagte sofort: »Hörst du? Du bist zu verschlossen, Anne!«

»Hör auf damit«, rief Marianne zurück.

Frau Riebold sagte: »Cockerspaniel passt zu einem Punk genauso wenig wie der Name Klaus. Sie haben doch sonst immer so Ratten auf der Schulter.«

Klaus verschluckte sich schon wieder an seinem Bier, hustete und sagte: »Duz mich, Oma.«

Dann wandte er sich erneut in Richtung der Gegensprechanlage: »Der Gerd sieht gar nicht danach aus, dass der so viele andere Frauen kriegen könnte!«

»Was soll das denn heißen?«, ereiferte sich jetzt Marianne, bevor Gerd reagieren konnte. »Gerd ist einer der charmantesten und …« Sie brach ab.

Unten sagten alle drei zusammen: »Ja?«

»Ihr könnt mich mal!«, tönte es aus dem Lautsprecher.

»Nun«, sagte Frau Riebold, »hören Sie zu. Es ist schweinekalt hier draußen. Wir nehmen jetzt die Tanne und gehen zu mir. Es ist Heiligabend, 19 Uhr, und scheinbar haben alle hier nichts anderes mehr vor. Ich koch was. Getränke haben wir ja auch. Und die Möbel stellen die beiden jungen Männer vorher wieder in den Transporter. Ziehen Sie sich was Schönes an, meine Liebe, und kommen Sie rüber. Nebenan. Links. In der 33. Riebold. Auf gute Nachbarschaft.«

»Aber … aber ich will das nicht …«

Frau Riebold sagte in die Sprechanlage: »Also, ich lade Sie ein zu einem Essen aus ehrlich verdientem Pfandgeld. Tschüss, werte Nachbarin!«

»Marianne, bitte!« Gerds Stimme klang herzerweichend.

Klaus der Punk stöhnte leicht: »Wenn wir den ganzen Wohnzimmerscheiß hier vorher in den Wagen wuppen müssen, brauch ich aber erst noch ein Bier.«

Marianne hörte, wie Frau Riebold sehr bestimmt sagte: »Als allererstes trägst du mir aber die Tanne hoch.«

23

DIRK MEISSNER

Weihnachten, ein hartes Business

Ich Liebe das Bild – trifft genau mein Gefühl am 23. Dezember.

Respekt! ... Ich habe mal gegoogelt, was Sie so alles machen.

Der Fachkräftemangel lässt sich einfach nicht mehr leugnen...

Können Sie das nicht irgendwie
mit Zahlen untermauern …

24

JANOSCH

Wondrak feiert Weihnachten

Herr Janosch, freuen Sie sich schon auf Weihnachten?

»Weihnachten mit seinen Gaben
Ist das Schönste, was wir haben!«

Herr Janosch, was soll man sich zu Weihnachten wünschen?

»Socken. Denn wenn der Weihnachtswunsch bescheiden ausfällt, macht man sich dauerhaft beliebt.«

Herr Janosch, was macht man mit Weihnachtsgeschenken, mit denen man nichts anfangen kann?

»Auf keinen Fall umtauschen. Wondrak lagert sie im Keller ein. Dann kann man sie zu Hochzeiten verschenken. Viele Dinge werden umso besser, je länger sie lagern. Bücher von Simmel etwa. Die kann jeder brauchen.«

Verzeichnis der Künstlerinnen und Künstler, Texte und Druckvorlagen

ELISABETH BORCHERS (1926–2013)

107 Ich schenk euch was
Aus: *Das Adventbuch. Mit Geschichten und Versen von Elisabeth Borchers*. Frankfurt a. M.: Insel, 1979. – © Suhrkamp Verlag Frankfurt am Main 1979. Alle Rechte bei und vorbehalten durch Suhrkamp Verlag Berlin.

WILHELM BUSCH (1832–1908)

119 Die Rutschpartie
Aus: *Werke*. Historisch-kritische Gesamtausgabe. Bd. 1. Hamburg: Standard, 1959. S. 274–279.

PETER GAYMANN (geb. 1950)

67 Alle Jahre … schon wieder!
Mit freundlicher Genehmigung von Peter Gaymann. – © Peter Gaymann, www.gaymann.de.

BERND GIESEKING (geb. 1958)

135 Tanne für Marianne
Mit freundlicher Genehmigung von Bernd Gieseking. – © Bernd Gieseking, www.bernd-gieseking.de.

AXEL HACKE (geb. 1956)

19 Wenn es weihnachtet
Aus: *Alle Jahre schon wieder.* München: Verlag Antje Kunstmann, 2009. S. 31–33. – © Verlag Antje Kunstmann GmbH, München 2009.

HAUCK & BAUER (d. s. Elias Hauck, geb. 1978, und Dominik Bauer, geb. 1978)

41 Nikolaus
Aus: *Cartoons zu Weihnachten*. München: Verlag Antje Kunstmann, 2024. – © Verlag Antje Kunstmann GmbH, München 2024.

ELKE HEIDENREICH (geb. 1943)

53 Schnee

Aus: *Alles kein Zufall. Kurze Geschichten.* München: Carl Hanser, 2016. – © 2016 Hanser Berlin in der Carl Hanser Verlag GmbH & Co. KG, München.

HEINRICH HEINE (1797-1856)

33 Caput XXII

Aus: *Deutschland. Ein Wintermärchen.* Bilder von Hans Traxler. Hrsg. von Werner Bellmann. Stuttgart: Reclam, 2011. S. 98–101.

DORA HELDT (geb. 1961)

131 Entspannter Advent

Aus: *Schnee ist auch nur hübschgemachtes Wasser. Wintergeschichten.* München: Deutscher Taschenbuch Verlag, 2017. S. 53–55. – © 2017 dtv Verlagsgesellschaft mbH & Co. KG, München.

JANOSCH (d. i. Horst Eckert, geb. 1931)

99 (1) Der Quasselkasper findet das Glück

153 (2) Herr Janosch, freuen Sie sich schon auf Weihnachten?

154 (3) Herr Janosch, was soll man sich zu Weihnachten wünschen?

155 (4) Herr Janosch, was macht man mit Weihnachtsgeschenken, mit denen man nichts anfangen kann?

(1) Aus: *Die große Janosch Märchenkiste.* Gifkendorf: Little Tiger Verlag, 2016. S. 67–75. – © Janosch / Little Tiger Verlag GmbH, Gifkendorf 1995, www.little-tiger.de.

(2, 3, 4) Aus: *Zeitmagazin* Ausg. (2) 52/2013, (3) 53/2017, (4) Ausg. 3/2016. – © Zeitverlag Gerd Bucerius GmbH & Co. KG/ Janosch film & medien AG.

MASCHA KALÉKO (1907–1975)

63 Betrifft: Erster Schnee

Aus: *Das lyrische Stenogrammheft.* München: Deutscher Taschenbuch Verlag, 2016. – Mit freundlicher Genehmigung von dtv Verlagsgesellschaft mbH & Co. KG.

VINCENT KLINK (geb. 1949)

111 Merci Paris
Aus: *Reclams Adventskalender.* Stuttgart: Reclam, 2017. S. 43–47. – Mit Genehmigung von Vincent Klink.

JAMES KRÜSS (1926–1997)

79 Die Weihnachtsmaus
Aus: *Der wohltemperierte Leierkasten.* Überarb. Neuausg. München: C. Bertelsmann, 1989. S. 104 f. – © 1989 cbj Verlag, München, in der Penguin Random House Verlagsgruppe GmbH.

PAUL MAAR (geb. 1937)

25 Das Sams
Aus: *Das Sams 11. Das Sams und die große Weihnachtssuche.* Hamburg: Oetinger, 2022. S. 17–23. – Mit freundlicher Genehmigung von © 2022 Verlag Friedrich Oetinger GmbH.

DIRK MEISSNER (geb. 1964)

145 Weihnachten, ein hartes Business
Mit freundlicher Genehmigung von Dirk Meissner. – © Dirk Meissner, www.meissner-cartoons.com.

CHRISTIAN MORGENSTERN (1871–1914)

7 Der Schnupfen
Aus: *Alle Galgenlieder. Galgenlieder.* Palmström. Palma Kunkel. Der Gingganz. Stuttgart: Reclam, 1989 [u. ö.].

CHRISTINE NÖSTLINGER (1936–2018)

49 Advent, Advent
Aus: *Fröhliche Weihnachten, liebes Christkind!* Frankfurt a. M.: Fischer, 2015. S. 7. – Erstmals erschienen 1997 im Dachs Verlag, Wien. – © 2025, Fischer Sauerländer GmbH, Frankfurt am Main.

E.O. PLAUEN (d. i. Kurt Erich Ohser, 1903–1944)

57 Heimliche Weihnachtsbastler
Aus: *Vater und Sohn.* Gesamtausgabe. Konstanz: Südverlag, 1982.

JOACHIM RINGELNATZ (d. i. Hans Böttcher, 1883–1934)

127 Schenken
Aus: *und auf einmal steht es neben dir. Gesammelte Gedichte.* Berlin: Henssel, 1950. S. 211 f.

©TOM (d. i. Thomas Körner, geb. 1960)

11 Comicstrips
Aus: *TOM Touché 9000: Comicstrips und Cartoons.* Hamburg: Lappan, 2023. S. 7, 8, 26, 29, 265. – © Lappan Verlag in der Carlsen Verlag GmbH, Hamburg.

CHARLES M. SCHULZ (1922–2000)

91 Comicstrips
Aus: *Die Peanuts Werkausgabe.* Band 11. Hamburg: Carlsen Comics, 2011. S. 154. – © 2023 Peanuts Worldwide LLC, www.peanuts.com.

94 Comicstrip
Aus: *Die Peanuts Werkausgabe.* Band 12. Hamburg: Carlsen Comics, 2012. S. 152. – © 2023 Peanuts Worldwide LLC, www.peanuts.com.

HANS TRAXLER (geb. 1929)

73 Ein Winter in Mallorca 1839
Aus: *Meine Klassiker. Bildergedichte.* Stuttgart: Reclam, 2008. S. 116–119. – © Hans Traxler.

ROBERT WALSER (1878–1956)

85 Weihnacht
Aus: *Sämtliche Werke in Einzelausgaben.* Hrsg. von Jochen Greven. Bd. 1: Fritz Kochers Aufsätze. Zürich: Suhrkamp, 1978, 1986. S. 36–38. – © Mit freundlicher Genehmigung der Robert Walser-Stiftung, Bern. © 1986, Suhrkamp Verlag GmbH, Berlin. Alle Rechte vorbehalten.